Jürg Obrist
Klare Sache?!

Jürg Obrist, geboren 1947, absolvierte eine Lehre als Retuscheur und besuchte die Fachklasse Fotografie an der Schule für Gestaltung, Zürich. Nach einem langjährigen USA-Aufenthalt lebt er heute als freier Illustrator mit seiner Familie in Zürich. Er gestaltet Bilder- und Kinderbücher und arbeitet für zahlreiche Kinder- und Jugendzeitschriften.

Weitere Titel von Jürg Obrist bei <u>dtv</u> junior: siehe Seite 4

Jürg Obrist

Klare Sache?!

Noch mehr Krimis zum Mitraten

Deutscher Taschenbuch Verlag

Von Jürg Obrist sind außerdem bei dtv junior lieferbar:
Klarer Fall?!, dtv junior 70506
Alles klar?!, dtv junior 70612

Originalausgabe
In neuer Rechtschreibung
Dezember 2002
© 2002 Deutscher Taschenbuch Verlag GmbH & Co. KG,
München
www.dtvjunior.de
Umschlagkonzept: Balk & Brumshagen
Umschlagbild: Jürg Obrist
Lektorat: Sophia Marzolff
Gesetzt aus der Akzidenz Grotesk 11,5/13˙
Gesamtherstellung: Kösel, Kempten
Printed in Germany · ISBN 3-423-70737-2

Neues von Kalle und Gitta

»Jetzt geht's gleich los«, lacht Gitta Gurke. »Ein richtig verzwickter Fall wartet auf uns.« Auch Kalle Bohne ist froh, dass endlich wieder mal was läuft. Diesmal heißt es aber besonders aufpassen – und die beiden Detektive sind dringend auf eure Hilfe angewiesen! Neuerdings müssen sie die Gauner nämlich über mehrere Tage verfolgen und in einem einzigen Fall verschiedene knifflige Probleme lösen, um den Halunken auf die Schliche zu kommen. Da kann es sein, dass man sich an scheinbar unwichtige Beobachtungen, Spuren oder Aussagen zurückerinnern muss, um eine besonders harte Nuss zu knacken. Denn die Schurken sind schlau . . . Aber wer die Texte aufmerksam liest, die Bilder genau anschaut und eben hier und da auch etwas zurückblättert, kann die Täter entlarven.

Kalle und Gitta haben drei raffinierte Diebstähle aufzuklären. Aber machen wir uns doch mit ihnen auf die Suche nach der Lösung . . .

Die Jagd nach dem blauen Königsdiamanten

Im Motzensteiner Kunstmuseum steht man vor einer außerordentlichen Attraktion. Zum ersten Mal ist es Direktor Liebfüßler gelungen, eine Sammlung äußerst seltener Edelsteine für sein Museum zu organisieren. Unter den Steinen befindet sich eine ganz besondere Rarität: der »blaue Königsdiamant«, der wohl größte und wertvollste Diamant überhaupt.

Die Ausstellung ist bereit, die Gäste geladen. Natürlich ist jedermann gespannt auf den seltenen Riesendiamanten.

Aber solch kostbares Ausstellungsgut zieht gewöhnlich auch dubiose Besucher an. Besucher, die nicht nur allein an der Besichtigung des seltenen Diamanten interessiert sind. Besitzen müsste man ihn! Und sie hegen schon ganz konkrete Pläne . . .

Gestohlen!?

Die Eröffnungsfeier mit den geladenen Gästen ist ein Riesenerfolg. Der blaue Königsdiamant ist zweifelsohne die Attraktion der Ausstellung. Die Leute können den seltenen Edelstein nicht genug bestaunen.

Doch verflixt: Schon am nächsten Morgen muss Direktor Liebfüßler eine schreckliche Entdeckung machen. Der Diamant ist spurlos verschwunden.

Noch am selben Tag liest Kalle vom Diebstahl in der Mittagsausgabe der Zeitung. Er betrachtet aufmerksam das Bild von der Eröffnungsfeier. »Sieh mal einer die illustren Gäste an«, murmelt er. »Da ist alles mit Rang und Namen anwesend. Sogar Karo Ratzelman, der zwielichtige Geschäftemacher, ist mit von der Partie. Aber«, stutzt Kalle, »wo steckt bloß seine Partnerin, Irma Polter? Die kreuzen doch immer zusammen bei solchen Anlässen auf!« Irma ist tatsächlich nicht auszumachen auf dem Bild. Karo und Irma besitzen eine Fabrik, die Teddybären herstellt. Man munkelt aber, dass sie gelegentlich auch krumme Sachen drehen. Bisher konnte man ihnen jedoch nichts nachweisen.

»Sollten die zwei etwas mit dem Verschwinden des Königsdiamanten zu tun haben?«, rätselt Kalle.

Auch Gitta sieht sich nun den Bericht genauer an. »Bingo«, sagt sie, »hier ist etwas faul. Da ist der Beweis!«

8 Was hat Gitta entdeckt?

Eine faule Ausrede

»Hier links sieht man das Bein einer Dame hinter dem Vorhang hervorgucken. Irmas Bein«, sagt Gitta. »Ich bin sicher, sie hat sich dort bis nach Ausstellungsschluss versteckt, um in der Nacht ungestört den Königsdiamanten zu klauen!«

Kalle und Gitta eröffnen ihren Verdacht Direktor Liebfüßler. »Ich möchte, dass Sie der Sache nachgehen«, wünscht dieser sich.

Den Museumswärter Biederle können die Detektive leider nicht befragen. Er ist am Montag in den Urlaub gefahren. »Am besten, wir beginnen gleich bei Karo und Irma.«

Und wenig später erscheinen Kalle und Gitta im Büro der Teddybärfabrik. Sie kommen sofort zur Sache und fragen die zwei, wo sie in der Nacht nach der Eröffnungsfeier gewesen seien.

Karo zieht an seiner Tabakspfeife und lacht: »Nach der Feier ging ich mit Direktor Liebfüßler persönlich essen! Danach fuhr ich gleich nach Hause.« Irma fügt hinzu: »Ich war nur kurz auf der Feier. Ich musste dann weg auf den Teddybärkongress in der Stadthalle. Auch ich bin danach gleich nach Hause gegangen.«

Gitta und Kalle zwinkern sich zu, als sie das Büro wieder verlassen. Irmas Aussage kann keinesfalls stimmen, da sind sie sich einig.

Warum?

Die heiße Spur

»Wir sind auf der richtigen Fährte«, sagt Kalle. »Irma kann gestern gar nicht auf dem Teddybärkongress gewesen sein. Dieser ist laut dem Plakat in ihrem Büro nämlich am 23. Juni, und das ist heute.«
Auch Gitta ist nun sicher, dass die beiden hinter dem Diamantenraub stecken. »Wir müssen sie beschatten, dann werden wir weitere Beweise erhalten«, meint sie.
Kalle und Gitta verstecken sich in den Sträuchern vor der Fabrik. Von dort lässt sich bequem und unbemerkt durch die Fenster gucken. Karo und Irma sind gerade damit beschäftigt, am Förderband den Teddybären die Köpfe aufzusetzen.
»Du verdrehtes Lieschen!«, schreit Gitta plötzlich. »Jetzt bestehen wirklich keine Zweifel mehr, dass die beiden den Diamanten geklaut haben!«
12 Was hat Gitta entdeckt?

Entwischt

»Ich habe im Spiegel gesehen, wie Karo den Königsdiamanten in den Bauch eines Teddys gesteckt hat, bevor er den Kopf daran befestigte«, berichtet Gitta Kalle.
»Los, schnappen wir sie uns!«
Auf der Suche nach einem heimlichen Zugang entdecken sie einen unbenützten alten Lüftungsschacht. So
gelangen sie ins Innere der Fabrik. Karo und Irma sind
jetzt in einem Lagerraum. Zwischen haufenweise Gerümpel packen sie hastig einige Ratzelman-Teddys in
einen Koffer. »Wie sollen wir herausfinden, in welchem
Teddybären der Diamant verborgen ist?«, fragt sich
Kalle. »Jedenfalls müssen wir irgendwie an den Koffer
kommen. Darin befindet sich gewiss der gesuchte Teddy.«
Doch genau in diesem Augenblick verschwinden
Karo und Irma blitzschnell durch eine
geheime Tür. »Verflixt, sie haben sich
aus dem Staub gemacht«, flüstert Gitta. »Irgendwie müssen
sie bemerkt haben, dass
wir ihnen auf den
Fersen sind.«
Wie?

Die geheimen Gänge

Die Lampe rechts oben hat gespenstische Schatten an die Wand geworfen. Bei genauem Hingucken kann man zwischen Kleiderständer und Leiter auch Kalles und Gittas Schatten erkennen. Karo und Irma müssen sie bemerkt und sofort die Flucht ergriffen haben.

»Hier lang«, ruft Kalle, als sie ebenfalls durch die Geheimtür in einen gut ausgebauten Fluchtstollen gelangen. Sie rennen los.

»Ich kann ihre Schritte entfernt hören«, keucht Gitta. Aber plötzlich stehen sie vor einer Verzweigung. Wie weiter: rechts oder links?

Sie halten kurz inne, dann sagt Gitta: »Hier sind sie durch, los!«

Welche Richtung müssen sie einschlagen und weshalb?

Am Ende des Tunnels

Gitta hat zuerst die Fußspuren von Karo und Irma im rechten Gang untersucht. Sie hat aber bemerkt, dass Irmas Spuren nicht weiterführen, sondern wieder umkehren. Die beiden wollten wohl mit dem weggeworfenen Taschentuch eine falsche Fluchtrichtung vortäuschen. Im linken Gang sieht man die Fußabdrücke aber klar weiterführen.

Gitta und Kalle rennen weiter durch den engen dunklen Tunnel. »Schau, Licht in Sicht!«, ruft Kalle und sie erreichen atemlos am Ende des Ganges den Marina-Club von Motzenstein. »Sie sind mit einem Boot flussabwärts abgehauen«, vermutet Gitta. Denn eines von den Booten im Hafen fehlt.

»Wenn wir den Namen oder die Nummer des Fluchtbootes wüssten, wäre es einfach, es auf dem nahen See zu suchen«, sagt Gitta.

»Nichts leichter als das. Ich bin schon daran, es herauszufinden«, antwortet Kalle.

Welchen Namen oder welche Nummer hat das Boot?

Auf dem Fluchtboot

»Das einzige der auf dem Schild aufgeführten Boote, das fehlt, hat die Bezeichnung 2248 WK«, sagt Kalle. »Damit müssen sie auf den See geflüchtet sein.«
Sie rennen den Kanal entlang, der etwas weiter vorne in den See mündet. »Irgendwo muss das Boot doch sein!«, ruft Gitta und ringt nach Atem. An einem Steg machen sie Halt. »Wer sagt's, hier schwimmt ja unser Schiffchen«, lacht Kalle. »Karo und Irma scheinen schon über alle Berge zu sein. Aber vielleicht finden wir etwas an Bord, das uns weiterhilft.«
Sie schleichen sich vorsichtig an Deck und nehmen das Boot unter die Lupe. »Viel scheint hier nicht zu sein«, murmelt Gitta, als sie beinahe über einen voll gestopften Mülleimer stolpert. »Was haben wir denn da?«, wundert sie sich. »Gewöhnlicher Müll«, lacht Kalle. Aber obenauf liegt die aktuelle Ausgabe des »Motzensteiner Echos«. Gitta bemerkt, dass an der unteren Ecke der ersten Seite eine Anzeige weggerissen ist. Dann aber fällt ihre Aufmerksamkeit auf einige Papierschnipsel am Boden des Eimers. Es sind Zahlen und Buchstaben darauf geschrieben . . . »Vielleicht steckt etwas dahinter«, meint Gitta und fischt sie heraus. »Los, lass uns Puzzle spielen!«

20 Was ergibt das zusammengesetzte Gekritzel?

Es wird interessant!

Die zusammengesetzten Schnipsel ergeben: *Dora, 0278 13 06.* »Das ist bestimmt eine Telefonnummer«, meint Kalle. »Aber wer ist Dora?«, grübelt er weiter.
»Das werden wir gleich wissen«, sagt Gitta und zeigt zum nächsten Polizeirevier. Dort erfahren sie, dass Dora Irmas Schwester ist, die am Schwärzelring einen kleinen Trödlerladen führt. »Nichts wie hin«, sagt Gitta.
Dora ist eine kleinere Frau mit lustigen, dicken Brillengläsern. Auf die Frage, ob ihre Schwester Irma und Karo bei ihr untergetaucht seien, winkt sie energisch ab. »Untergetaucht nicht. Aber tatsächlich sind die zwei vor einer Weile hier aufgekreuzt. Doch ich musste mit einer Kundin rasch nach oben, um die Gartenzwerge anzuschauen. Als wir zurückkamen, waren sie schon wieder verschwunden. Weiß eigentlich gar nicht, was die hier wollten!«
Kalle und Gitta schauen sich bei Dora ein wenig um. Plötzlich lacht Gitta: »Aber ich weiß es. Sie haben Ihnen etwas dagelassen, hinter dem wir schon eine Weile her sind! Sie haben doch nichts dagegen, wenn wir es uns näher anschauen?«
Was hat Gitta entdeckt?

Die Teddys tauchen auf

Karos und Irmas Koffer steht zwischen diversem Trö-
del unter der Treppe. Gespannt öffnen Kalle und Gitta
ihn ... Er ist leer!
»Verflixt, hab ich's mir doch gedacht«, seufzt Kalle. »Sie
haben die Teddys mitgenommen. Aber das ist doch
selts...«, Kalle blickt sich erstaunt im Laden um.
Überrascht grinst er: »Ihre Schwester und Karo haben
ihr doch tatsächlich einige weitere Geschenke hinter-
lassen«. Denn überall zwischen den Antiquitäten kann er
plötzlich Ratzelman-Teddys entdecken. »Sammeln wir
sie ein. Vielleicht finden wir sogar den mit dem Diamanten im Bauch. Aber Vorsicht, ich meine nur die
echten Ratzelman-Teddys, die mit dem schwarzen Band
im Ohr!«
Wie viele Ratzelman-Teddys können sie finden?

Gittas Geistesblitz

»Du meine Güte, wir haben 13 Ratzelman-Teddys gefunden. Aber natürlich, wie anfänglich vermutet, trägt keiner den Diamanten im Bauch«, seufzt Gitta enttäuscht.

»Den haben sie sicher immer noch bei sich, ist ja klar«, beruhigt Kalle sie.

»Nun haben wir dummerweise keine Spur mehr, die uns weiterbringen würde«, sagt Gitta nachdenklich, als sie den Schwärzelring hinunterschreiten.

Doch plötzlich fällt ihr Blick auf einen Zeitungsstand. Sie tritt einen Schritt näher... »Ach wir Esel. Ich glaube, ich hab's!«, platzt sie heraus. Sie erinnert sich an ihre scheinbar unbedeutende Beobachtung auf Karos und Irmas Boot.

»Ich denke, ich weiß, wo wir die Gauner wieder aufstöbern können!«

26 Wo?

Ein zwielichtiger Diamantenhändler

Gitta hat sich an das »Motzensteiner Echo« im Mülleimer auf Karos und Irmas Boot erinnert. Jetzt ist ihr klar, wieso die Ecke der Zeitung herausgerissen war: »A. Edler, Diamanten, Ankauf und Verkauf« lautet die betreffende Anzeige. »Da müssen wir hin«, sagt Gitta. »Klingt gut«, lacht Kalle. »Sehen wir uns den Laden am Rabengraben doch gleich einmal an.«
Dort jedoch können Kalle und Gitta beim besten Willen keinen Diamantenhändler Edler ausfindig machen. Weder eine Firma noch ein Namensschild weit und breit.
»Der Kerl muss wohl ziemlich Dreck am Stecken haben, dass er sein Büro so gut versteckt«, meint Gitta. Doch Kalle gibt nicht auf. Seine Beharrlichkeit zahlt sich schließlich aus. »Nicht schlecht ohne telefonische Voranmeldung«, lacht er.

28 Wo befindet sich Edlers Büro?

Karos letzter Trick

Kalles scharfer Blick hat Edlers Diamanten-Logo im Fenster der zweiten Etage des Hauses ganz links entdeckt. Gitta ruft Edlers Sekretärin an und ahmt Irmas Stimme nach. So kriegt sie heraus, dass sich Edler am Freitag um 10 Uhr mit Karo und Irma treffen will.

»Da werden wir gleich mit Wachtmeister Zoppel einfahren«, lacht Kalle und reibt sich die Hände.

Am Freitag begeben sich Kalle, Gitta und Wachtmeister Zoppel wieder an den Rabengraben. In Edlers Vorzimmer herrscht dicke Luft. Kalle muss husten. Und als sie Edlers Büro betreten, geht ihnen die Puste ganz aus. Dort sitzt nämlich lediglich Irma, die sich von Edler einige Eheringe zeigen lässt. Von Karo ist nichts zu sehen. »Mein Hustenanfall muss ihn gewarnt haben. So konnte er sich ein weiteres Mal mit dem Diamanten absetzen«, knurrt Kalle. Irma behauptet allerdings hartnäckig, dass sie alleine hier und Karo geschäftlich unterwegs sei. Doch nun lächelt Gitta triumphierend: »Ich glaube, wir brauchen uns um Karo keine Sorgen zu machen. Dass er hier war, weiß ich. Er wollte dann wohl schleunigst verduften, ist aber gewiss bereits in Wachtmeister Zoppels sicherer Obhut! . . .«

Was für Beweise gibt es, dass Karo auch bei Edler gewesen ist, und wie ist er geflüchtet?

30

Pech gehabt!

Gitta hat Karos Tabakspfeife in Edlers Aschenbecher entdeckt. Er muss blitzschnell durch das Fenster geflüchtet sein, das noch offen steht. Dabei hat er eine kleine Vase umgeworfen. Über die Efeuranke an der Hausmauer ist er in den Hinterhof hinuntergeklettert – genau in die Arme des unten wartenden Wachtmeisters Zoppel.

Auch Irma und Edler müssen nun klein beigeben. Aber Karo gibt sich erstaunt. Vom Königsdiamanten will er absolut nichts wissen. »Ich bin unschuldig. Beweist mir doch, dass ich den Diamanten habe!«, schimpft er. Tatsächlich trägt er den Edelstein nicht bei sich, als ihn Wachtmeister Zoppel durchsucht. »Sie können die Leute ruhig mitnehmen, Wachtmeister«, lacht Kalle. »Ich weiß nämlich, wo Karo den Diamanten in letzter Sekunde noch versteckt hat.«

Wo ist der blaue Königsdiamant?

Ende gut, alles gut

Karo hat beim Herunterklettern den Diamanten rasch in den Blättern der Efeuranke versteckt. Und zwar links vom oberen Rand des unteren Fensters!
Eigentlich sollte sich Direktor Liebfüßler freuen den blauen Königsdiamanten wieder im Museum zu haben. Aber nun behauptet Edler plötzlich, dass es sich bei dem Diamanten um eine billige Fälschung handle! »Was glauben Sie denn«, schnauzt Liebfüßler, »dass wir in unserem Museum Fälschungen ausstellen? Das wäre ja noch schöner!« Aber Edler besteht darauf: »Prüfen Sie den Stein doch selbst, dann werden Sie's ja sehen.«
In diesem Augenblick räuspert sich ein kleiner Mann in Uniform. In die Runde tritt der soeben aus dem Urlaub zurückgekehrte Wärter Biederle. »Gestatten Sie, Herr Direktor. Ich habe mir vor meiner Urlaubsreise erlaubt den richtigen Stein gegen eine Imitation auszuwechseln. Ich wollte den Königsdiamanten an einem sicheren Ort verwahrt wissen, während ich weg bin. Sie verstehen, reine Vorsichtsmaßnahme. Ich gebe zu, es war dumm von mir, Sie nicht darüber zu informieren.«
Karo und Irma stehen wie gelähmt da. »Wir Dummköpfe«, haucht Karo zerknirscht. Auch Kalle und Gitta staunen nicht schlecht. »Wir waren also die ganze Zeit hinter einer Fälschung her«, lachen sie.
»Zeit zum Sitzen, denn Diebstahl ist Diebstahl«, meldet sich Wachtmeister Zoppel und führt die verdutzten Diamantendiebe zum Polizeiauto.

Dolly ist verschwunden

Die Wahrsagerin Stella Bella und ihr Äffchen Dolly sind ein ganz besonderes Team: Dolly kann nämlich in die Zukunft sehen und ist fähig Stella mit viel Geschnatter und Gebärden das Gesehene mitzuteilen. Dadurch sind die zwei natürlich weiterum bekannt und Stella kann sich der zahlreichen neugierigen Kundschaft kaum erwehren.
Doch leider haben nicht alle dieser Kunden gute Absichten ...

Zurück aus dem Urlaub

Nach Wahrsagerin Stella Bellas zweiwöchigem Urlaub haben sich heute am 12. Mai drei Kunden angemeldet: Ole Manke, ein Nachtwächter, Wilmar Nepfe, der Autonarr, und schließlich Zilly Schlempe, Besitzerin eines Friseursalons. Sie alle wollen sich von Dolly in die Zukunft sehen lassen.
Eigentlich hat keiner der drei einen Grund, sich über Dollys Zukunftsdeutungen zu ärgern. Nur Ole Manke scheint über die Voraussagen nicht allzu glücklich zu sein. Er macht jedenfalls als Einziger ein griesgrämiges Gesicht. Er schaut so finster drein, dass Dolly sich verängstigt verzieht. »Ich fühle mich heute nicht allzu gut«, entschuldigt er sich hinterher. Doch das Äffchen bleibt in seinem Versteck und lässt sich so schnell nicht wieder blicken.
38 Wo steckt Dolly?

Die schreckliche Entdeckung

Dolly hat sich rechts unten neben dem Skelett versteckt. Man kann noch ihren Schwanz mit der Schleife sehen.

Am nächsten Morgen, es scheint einer dieser verflixten Dreizehnten zu werden, will Stella ihren Kaffee kochen. Doch heute springt ihr Dolly nicht wie gewohnt auf die Schulter. Sie ist nirgends zu sehen. Stella wird unruhig. Sie sucht ihr Äffchen hinter Vorhängen, in Schränken und Regalen – doch diesmal bleibt Dolly verschwunden. Da erst fällt Stella auf, dass ein Fenster offen steht und die Scheibe eingeschlagen ist. Stella befürchtet das Schlimmste. Jetzt müssen Kalle und Gitta her.

Die beiden Detektive erscheinen kurz darauf bei ihr. Alles wird unter die Lupe genommen. Und für Gitta ist klar, Dolly ist nicht abgehauen, sie wurde in der letzten Nacht von jemandem entführt. Kalle kann ihr nur zustimmen. Er findet nämlich einen Knopf auf dem Boden, der Stella nicht gehört, wie sie selbst sagt.

Und an drei weiteren Indizien können die beiden Detektive erkennen, was sich in der Nacht abgespielt hat.

Was sind das für Indizien und was ist genau geschehen?

Erster Verdächtiger: Ole Manke

»Also«, beginnt Gitta. »Jemand ist über die unten angelehnte Leiter auf das Dach des Schuppens gelangt. Von dort hat er dann Stellas Fensterscheibe eingeschlagen. Das ist eindeutig, denn die Glasscherben liegen innen auf dem Fenstersims. Der Täter lockte Dolly mit einer Banane an, packte sie und brachte sie wieder über die Leiter nach unten. Auf dem Schuppendach kann man noch die weggeworfene Bananenschale sehen.«

Stella ist bestürzt. Aber Kalle und Gitta versprechen alles zu unternehmen, um Dolly wieder herzubringen. Sie sind überzeugt, dass der Dieb unter den drei Kunden von gestern zu suchen ist.

»Knöpfen wir uns erst mal Ole vor«, meint Gitta. »Schließlich war er ziemlich verärgert über Dollys Voraussagen.«

Ole Manke lebt alleine in einer kleinen Wohnung ganz in der Nähe. Kalle und Gitta stehen vor seiner Haustüre. »Verdächtig ruhig hier«, murmelt Gitta. Nach dem vierten Läuten tut sich immer noch nichts. Gitta bewegt die Türklinke. Abgeschlossen! »Der Kerl ist ausgeflogen«, sagt sie. Aber Kalle schüttelt den Kopf. »Abgeschlossen ist es, aber Ole muss zu Hause sein.«

42 Wieso weiß Kalle, dass Ole zu Hause ist?

Ole liegt mit Grippe im Bett

Kalle lacht verschmitzt: »Im Spiegel, drinnen im Flur, kann ich sehen, dass der Hausschlüssel steckt. Also hat Ole die Türe von innen abgeschlossen und muss zu Hause sein!«

Tatsächlich: Nach weiterem Läuten erscheint Ole endlich im Schlafrock.

»Zum Donnerwetter, was läuten Sie so Sturm? Ich liege mit einer Grippe im Bett und will nicht gestört werden«, knurrt er. Aber Kalle und Gitta wollen ihm auf den Zahn fühlen. Sie begleiten Ole in sein Schlafzimmer und befragen ihn zu Dollys Verschwinden. Ole antwortet: »Gestern fühlte ich mich so fiebrig, dass ich gleich nach meiner Sitzung bei Stella zum Arzt ging. Er riet mir sofort nach Hause zu gehen. Er gab mir Tabletten und um 19 Uhr war ich bereits im Bett. Seither habe ich es nicht mehr verlassen.«

Gitta zwinkert Kalle zu: »Ich denke, Ole sagt die Wahrheit. Er kann nichts mit dem Diebstahl zu tun haben. Gehen wir.« Draußen teilt sie Kalle ihre Beobachtungen mit.

Weshalb ist Gitta von Oles Unschuld überzeugt?   45

Wo zum Kuckuck steckt Wilmar Nepfe?

Auf Oles Nachttisch hat Gitta die vom Arzt verschriebenen Tabletten gesehen. Wenn er seit gestern ab 19 Uhr alle 4 Stunden 2 Tabletten geschluckt hatte, mussten bei ihrem Besuch von den 12 Tabletten noch genau 2 in der Dose sein. Und so war es auch! »Niemand würde wohl Tabletten schlucken, wenn er nicht wirklich krank ist«, fügt Gitta hinzu.

»Also besuchen wir Wilmar, unseren nächsten Kandidaten.« Dazu müssen sie an das andere Ende des Städtchens. Wilmar haust dort in einer Bruchbude. Gleich daneben steht ein Schuppen, der ihm als Werkstatt dient. »Du meine Güte, was für eine Unordnung«, brummeln Kalle und Gitta, als sie zwischen unzähligen Autowracks, Autoteilen und sonstigem Gerümpel stehen. Von Wilmar keine Spur. Auf Kalles mehrmaliges Rufen meldet sich aber doch plötzlich eine raue Stimme. – Sehen können sie allerdings immer noch niemanden. Wo steckt Wilmar?

Wilmars Alibi

Wilmar kriecht schließlich unter dem kleinen, beladenen Lastwagen hervor. Er hat da soeben die Bremsleitung repariert, wie er sagt.

»Wir möchten Ihnen eine Frage stellen«, beginnt Kalle. »Und zwar, was Sie in der Nacht vom 12. auf den 13. Mai getrieben haben.«

Wilmar wischt sich etwas Getriebeöl aus dem Gesicht und begibt sich mit Kalle und Gitta in seine Werkstatt.

»Tja«, räuspert er sich fast etwas stolz, »das kann ich Ihnen schon sagen. Nachdem ich bei Stella Bella war, musste ich gleich weg zum . . .«

»Schon gut«, unterbricht ihn Kalle, »die Sache ist klar. Sie haben nichts mit dem Diebstahl zu tun. Ihr Alibi ist hieb- und stichfest!«

48 Von welchem Alibi spricht Kalle?

In Fräulein Zillys Friseursalon

Auch Gitta hat an der Werkstattwand Wilmars Sie-
gerurkunde von der Nachtrallye in Flitzach bemerkt. Die
hat nämlich genau in besagter Nacht vom 12. auf den
13. Mai stattgefunden. Wilmar kann also unmöglich
Dolly entführt haben.
»Bleibt Zilly Schlempe«, schmunzelt Gitta. »Sehen wir
uns doch mal in ihrem Friseursalon um.«
In Zillys Salon treffen die zwei aber nur auf Zillys Ange-
stellte, Lola Kamm. Sie ist eben daran, einem schnauz-
bärtigen Kunden seine speckigen Zotteln zu schneiden.
Auf Kalles Frage, ob sie mit Zilly sprechen könnten,
antwortet Lola schnippisch: »Ich bin heute alleine im
Salon. Und außer diesem Kunden ist niemand weiter
hier. Fräulein Zilly ist den ganzen Tag nicht hier gewesen!«
Die beiden Detektive sehen sich an. »Dann werden wir
Fräulein Zilly heute Abend in ihrer Wohnung besuchen«,
verabschieden sie sich. Ihnen ist klar, dass sie auf der
richtigen Spur sind. Denn sie wissen beide, dass Zilly
sehr wohl in ihrem Salon gewesen ist.
Warum sind sich Kalle und Gitta da so sicher?

Schon wieder abwesend

Tatsächlich war Zilly in ihrem Friseursalon. Im privaten Nebenraum konnte man hinter dem Vorhang eine Dame, die eine Zeitung hält, erkennen. Lola hat nicht die Wahrheit gesagt, weil sie Zilly offenbar decken will.

Am Abend betreten Kalle und Gitta den Hausflur von Zillys Wohnhaus. Sie treffen einen ihrer Nachbarn und fragen ihn nach ihr. Er erzählt:

»Ich habe Fräulein Zilly in Pelzjacke und mit Täschchen weggehen sehen. Sie hatte vor ins Varieté-Theater ›Sägefisch‹ zu gehen.«

Eine weitere Nachbarin auf der ersten Etage berichtet:

»Mir hat Fräulein Zilly vom Tanzgarten ›Zum Engel‹ vorgeschwärmt. Sie trug eine elegante Hose.«

Weiter berichtet eine dritte Nachbarin:

»Fräulein Zilly wurde von einem kleineren Herrn mit großem, schwarzem Schnurrbart abgeholt. Ich habe gehört, wie sie vom Bierfest am Birkendamm sprachen.«

»Da haben wir ja eine Menge zu tun«, knurrt Kalle. »Wir müssen wohl oder übel an allen drei Orten nach Zilly und ihrem Begleiter suchen.«

Wo stöbern sie die zwei schließlich auf?

Die Verfolgungsjagd

Auf dem Bierfest sitzen die zwei am linken unteren Tisch. Bei Zillys Begleiter handelt es sich um den speckigen Kunden aus dem Friseursalon.

Kalle und Gitta sprechen Zilly gleich auf die Entführung des Äffchens an. Zilly antwortet aber mürrisch: »Ich habe mir von Stella und ihrem Affen bloß in die Zukunft sehen lassen. Mit der Entführung habe ich nichts zu tun!« Darauf dreht sie sich um und verschwindet mit ihrem Begleiter in der Menge. »Los, wir müssen den beiden folgen!«, ruft Gitta. Sie kann eben noch sehen, wie die zwei ein Motorrad besteigen. »Auf die Fahrräder und ihnen nachstrampeln! Das gibt aber eine verschwitzte Verfolgungsjagd«, klagt Kalle.

Anfangs kommen sie ganz gut voran. Aber irgendwann verlieren sie das Motorrad aus den Augen. »Ich glaube, sie sind in den Hinterhof da vorne eingebogen«, keucht Gitta. Doch als sie dort ankommen, ist alles ruhig. Schließlich entdecken sie das abgestellte Motorrad im Geräteschuppen. Sie werfen einen Blick auf das Wohnhaus daneben und Kalle meint sofort: »Da wird wohl Zillys Begleiter wohnen. Die haben sich sicher in seine Bude verzogen. Wie heißt der Kerl eigentlich?« Da kann Gitta gleich weiterhelfen.

54 Wie heißt Zillys Begleiter?

Die seltsame Waldhütte

Gitta hat sich die beiden Initialen E. P. auf dem Schal von Zillys Begleiter gemerkt. Folglich muss der Herr Erwin Potzke heißen. Es sind die einzigen identischen Anfangsbuchstaben auf den Klingelschildern.
»Wir müssen die zwei rund um die Uhr beschatten«, meint Gitta. »Nur so können wir Dolly finden.«
Schon am nächsten Tag tut sich was. Zilly und Potzke besteigen das Motorrad. Kalle und Gitta stöhnen – schon wieder eine Verfolgung auf Fahrrädern! Aber diesmal geht die Fahrt ziemlich gemütlich in einen nahen Wald. Potzke und Zilly stellen das Motorrad ab und begeben sich in eine kleine, verlotterte Waldhütte. Kalle und Gitta verstecken sich auf einem kleinen Hügel, von wo sie alles bestens beobachten können.
»Fällt dir etwas auf?«, fragt Kalle. »Ich bin sicher, Dolly wird in dieser Hütte versteckt.«
56 Wie kann Kalle sich da so sicher sein?

Nächtliches Treiben und fast am Ziel

Hinter der Hütte hat Kalle eine Kiste mit Bananen-
schalen entdeckt – ganz bestimmt Überreste von Dollys
Futter!
Den ganzen Tag über kommt niemand aus der Hütte.
Erst als es dunkel wird, schleppen Potzke und Zilly
einen mit einem Tuch verhangenen Käfig aus der Hütte.
Sie bringen ihn in Potzkes Wohnung.
»Da kann nur Dolly drin sein«, flüstert Gitta. »Morgen
früh fahren wir gleich mit Wachtmeister Zoppel vor.«
Am nächsten Tag klopfen sie in aller Frühe an Potzkes
Tür. Es scheint da drinnen schon einiges los zu sein. Als
sie eintreten, finden sie einen offenen Käfig vor. Von
Dolly keine Spur.
»Eben ist uns Erwins Vögelchen aus dem Fenster ent-
flogen!«, klagt Zilly. Aber Kalle lacht: »Sie meinen Dolly!
Von der Sie sich wohl einige hellseherische Tipps fürs
Lotto und für Preisausschreiben erhofft haben. Es sieht
aber ganz so aus, als ob Ihnen Dolly entflohen ist.«

58 Was bestätigt Kalles Verdacht?

Flucht in den Botanischen Garten

Dass Erwin und Zilly kein Vögelchen haben konnten, beweist die Bananenschale im Käfig. Zudem ist wohl nur ein Affe imstande das Gittertürchen selbst zu öffnen. Und schließlich hat Kalle Dollys Schwanzschleife auf dem Fenstersims entdeckt.

»Das sieht nach Flucht in den nahen Botanischen Garten aus«, sagt Gitta. »Soviel wir wissen, ist das Dollys Lieblingsort. Stella Bella ist fast täglich mit ihr dorthin gegangen.«

Wachtmeister Zoppel meint nachdenklich: »Dann ist es das Beste, wir bestellen Stella auch gleich dorthin. Nur ihr wird es wohl gelingen, Dolly wieder von den Bäumen zu holen.«

Alle begeben sich kurz darauf in den Botanischen Garten. Eine überglückliche Stella Bella wartet dort bereits auf sie. Es ist für sie ein Kinderspiel, Dolly aus ihrem Versteck zu locken.

Zilly und Potzke geben sich selbstbewusst: »Dollys Entführung können Sie uns trotzdem nicht anhängen! Dafür brauchen Sie erst einmal handfeste Beweise.«

»Und ob wir das können!«, sagt Kalle. Er hat nämlich eben so einen handfesten Beweis entdeckt. Etwas, das er anfangs bei Stella gefunden und inzwischen schon beinahe wieder vergessen hatte.

Was für einen Beweis meint Kalle, und übrigens: Wo hat sich Dolly im Botanischen Garten versteckt?

Stellas Volltreffer

An Potzkes Jacke fehlt der Knopf, den er damals in Stellas Wohnung verloren hat! Damit sind die beiden endgültig überführt. Und das Äffchen?
Dolly hat sich gleich neben Gitta in den Blättern verkrochen. Als sie aber Stella sieht, kommt sie selbstverständlich blitzschnell aus ihrem Versteck.
Stella freut sich natürlich riesig ihre Dolly wiederzuhaben. Aus Dankbarkeit sieht sie Kalle und Gitta zu Hause in die Zukunft.
»Für Gitta läuft alles rund«, kann sie vermelden. Aber für Kalle hat sie eine etwas sonderbare Aussicht. Er werde sich in Kürze am Hintern wehtun!
Kalle grinst bloß beim Hinausgehen. Er glaubt Stella kein Wort...

Sollte er aber! Oder?

Wirbel um Roby Rob

Professor Laritzke steht kurz vor einem Durchbruch. Zusammen mit Kollege Ringelspitz hat er Roby Rob geschaffen, einen Roboter der besonderen Art: zu allem fähig und genauso geschickt wie ein Mensch! Noch müssen die beiden Professoren letzte Tests am Gehirn, der zentralen Steuerung von Roby Rob, tätigen, bevor die Wundermaschine der Öffentlichkeit vorgestellt werden kann.

Aber auch in der Ganovenwelt sitzt man nicht untätig da. Zu gerne würden einige Fieslinge Roby Rob für sich haben, um ihn dann gezielt für ihre krummen Geschäfte einzusetzen.

Einiges weist darauf hin, dass sie schon hinter Roby Rob her sind. Professor Laritzke ruft deshalb Kalle Bohne und Gitta Gurke, um sich mit ihnen zu beraten ...

Roby Rob zieht die Gauner an

Professor Laritzke sitzt mit Kalle und Gitta in seinem Labor. Bei Tee überlegen sie gemeinsam, wie man den Roboter Roby Rob vor zwielichtigen Ganoven schützen kann.

»Roby Rob ist ein sehr begehrtes Objekt«, sagt Laritzke. »Er muss von hier verschwinden, an einen unbekannten Ort. Nur so ist er sicher vor einer Entführung!« Laritzke und sein Kollege Ringelspitz glauben nämlich, dass Henkel Schwarte, einer dieser dubiosen Kerle, hinter Roby Rob her ist. »Kollege Ringelspitz ist schon unterwegs hierher, um Roby Rob abzuholen«, sagt Laritzke. »Wir werden den letzten Test an Roby Robs Gehirn an einem geheimen Ort vornehmen!«

Kalle nickt zustimmend: »Sehr gut, mit Schwarte ist nämlich nicht zu spaßen. Wir kennen den Vogel. Wenn der sich einmal etwas in den Kopf gesetzt hat, ist er nicht mehr davon abzubringen.« Wenn Kalle wüsste, wie Recht er hat! Noch hat er leider nicht bemerkt, dass einer von Schwartes Leuten die Lage bereits auskundschaftet.

Um welche der rechts unten abgebildeten Personen handelt es sich?

Toni Bolte   Mira Speck   "Der kleine Dicke"

Es wird ernst!

Im Baum vor dem Laborfenster hatte sich Toni Bolte, mit Pflaster auf der Wange, unbemerkt eingenistet, um mit seinem Fernglas zu spionieren.
Mittlerweile ist Professor Ringelspitz eingetroffen, um Roby Rob an den geheimen Ort zu bringen. Dies ist Bolte offenbar entgangen, der sich soeben heimlich

einen Weg in Laritzkes Laborräume sucht. Professor Laritzke selbst begibt sich wieder an seine Projekte.

Im Büro nebenan piept das Faxgerät. Er geht nach drüben, denn er muss ohnehin noch einige Akten durchsehen.

Hat sich bei seiner Rückkehr in der Zwischenzeit etwas verändert, was beweist, dass Bolte bereits in Laritzkes Labor herumgeschlichen ist?

69

Ein brisanter Fund

Der zerstreute Laritzke hat nicht bemerkt, dass sich Bolte schon in seinem Labor befindet. Bolte ist nämlich beim Herumschnüffeln an den Bürostuhl gestoßen, so dass sich dieser etwas gedreht hat.

Bolte wartet in seinem Versteck ab, bis Laritzke in der Küche Omelettes brät. Dann beginnt er erneut Labor und Büro zu durchsuchen. Nichts... verflixt! Bolte will schon wieder abziehen, da entdeckt er die Faxmitteilung, die noch im Gerät steckt. Bolte kann kein Wort

entziffern. Kein Wunder, denn es ist eine Nachricht in Geheimschrift von Ringelspitz. Er und Laritzke haben nämlich vereinbart aus Vorsicht alle Berichte und Mitteilungen nur noch in einem geheimen Code abzufassen.

»Das knacke ich schon«, grinst Bolte und steckt den Zettel ein. Eigentlich hätte er es einfacher haben können, wenn er sich noch etwas genauer auf Laritzkes Schreibtisch umgesehen hätte.

Wir entschlüsseln die Geheimschrift doch auch, oder? 71

Roby Rob in Gefahr

Auf Laritzkes Scheibtisch liegt neben dem Faxgerät auch gleich der Code für die Geheimschrift. Das ABC hat 26 Buchstaben. Somit ist 1 – A, 2 – B usw. Man muss also die Geheimzeichen durch die entsprechenden Buchstaben ersetzen. Dann lautet die Mitteilung:

LIEBER LARITZKE
ALLES BEREIT FUER TEST! BEGINN NAECHSTEN FREITAG IN DER TURBINENFABRIK DAMPF UND CO. HALLE C
GRUSS RINGELSPITZ

Stürmisch läutet am nächsten Morgen Kalles und Gittas Telefon. Professor Laritzke schreit am andern Ende: »Jetzt ist es geschehen. Die Kerle haben die verschlüsselte Faxmitteilung von Ringelspitz erwischt. Wenn die Halunken sie inzwischen entschlüsseln konnten, sind wir geliefert.« Und er liest ihnen die Mitteilung vor.
»Du meine Güte«, platzt Kalle raus. »Nichts wie hin zur Turbinenfabrik.«
»Ich werde mich auch gleich auf den Weg machen, verständige aber erst noch Ringelspitz«, sagt Laritzke.
Kurz darauf erreichen Kalle und Gitta die Turbinenfabrik. Sie eilen sofort zur Anmeldung, um den Pförtner zu befragen. Wenn sie sich vor der Fabrik erst mal etwas genauer umgesehen hätten, wäre ihnen klar gewesen, dass Schwartes Leute die geheime Faxnachricht bereits entziffern konnten.
Was deutet darauf hin?

Der hereingelegte Pförtner

Wenn man den vor der Fabrik parkenden Lieferwagen genauer unter die Lupe nimmt, erkennt man unter dem Schriftzug PIZZA die Aufschrift HENKEL SCHWARTE. »Nein, heute Morgen ist mir niemand Fremdes aufgefallen«, beteuert der Pförtner. »Lediglich ein Professor Ringelspitz hat sich vor einer halben Stunde hier gemeldet. Er sagte, er werde im Direktionsbüro erwartet. Da ist er dann wohl auch hingegangen.«
Aber Kalle und Gitta staunen nicht schlecht, als in eben diesem Augenblick Professor Ringelspitz von der Straße her auf sie zuhastet. »Laritzke hat mich angerufen«, sagt er außer Atem. »Die Halunken haben...«
»Professor Ringelspitz, wir dachten, Sie seien bereits in der Fabrik!«, unterbricht Gitta ihn erstaunt. Jetzt ist allen schlagartig klar, dass sich jemand für den Professor ausgegeben hat. Jemand, der hinter Roby Rob her ist!
»Wir müssen los, in die Halle C. Mir schwant Schreckliches. Vielleicht sind wir schon zu spät«, schreit Gitta plötzlich. Sie hat beim Pförtner eben eine Entdeckung gemacht.
Was hat Gitta entdeckt?

Ausgetrickst?

»Am Schlüsselbrett hinter dem Pförtner fehlt der Schlüssel zur Halle C. Der vermeintliche Professor konnte leicht durch das offene Fenster langen und ihn unbemerkt stibitzen«, erklärt Gitta, als sie in die Turbinenfabrik laufen.

In der Halle C ist es zwar ruhig, aber es herrscht eine große Unordnung. Schubladen und Regale sind durchsucht worden. »Verflucht, zu spät. Roby Rob ist weg!«, keucht Ringelspitz. »Der Mistkerl ist uns wieder durch die Lappen gegangen«, schimpft Kalle.

In diesem Moment stößt auch Laritzke zu ihnen. »Wenn die Gauner Roby Robs Steuerung einschalten und alles wie geplant funktioniert...«, murmelt er. »Nicht auszudenken, was sie alles mit ihm anstellen können!«

Gitta hat sich inzwischen umgesehen. »Vielleicht ist der Dieb noch hier. So viel Zeit hatte er nicht, bis wir ebenfalls hier eingetroffen sind«, sagt sie.

»Womöglich ist er durch diese offene Tür in den Werkhof geflüchtet. Da säße er fest.« Noch während sie nachschauen, hält Laritzke inne: »Ich glaube, der Kerl will uns mit der offenen Tür ablenken. Er türmt woanders!«

76 Was meint Laritzke?

Eine Reise steht bevor

Tatsächlich hatte sich der Dieb bis eben in der Halle versteckt. Als seine Verfolger zur Werkhoftür gerannt sind, ist er rasch die Treppe hinauf und durch den Ausgang oben rechts geflüchtet. Mit Roby Rob natürlich!
Motorengeheul und Reifengequietsche schrecken Kalle, Gitta und die beiden Professoren auf. Durch das Fenster können sie gerade noch sehen, wie Bolte mit dem »PIZZA-Lieferwagen« davonrast.
»Also steckt wirklich Schwarte hinter der Sache«, wettert Kalle. »Diesen Halunken wollen wir uns vorknöpfen!«
Bei Schwartes Haus und Schuppen finden Kalle und Gitta eifriges Treiben vor.
»Sie laden Kisten und Schachteln ein«, flüstert Gitta.
»Ja, und bestimmt auch Roby Rob«, nickt Kalle. »Sie bringen wohl alles in Sicherheit.«
»Schau mal, alle Güter sind mit demselben Wort, MOLOCH, beschriftet, was soll das?«
Kalle lacht: »Mach dich für eine Reise bereit. Ich habe soeben entdeckt, was das Wort bedeutet!«
Was ist »Moloch«?

Aus den Augen verloren

Kalles Adleraugen haben im Lieferwagen die Straßen-
karte erspäht, auf der ›Schloss Moloch‹ steht.

Inzwischen fährt Gitta mit ihrem Motorrad vor, das sie
schnell geholt hat.

Nachdem Schwarte höchstpersönlich in den Lieferwagen gestiegen ist, geht die Fahrt los. Gitta und Kalle
folgen ihnen mit dem Motorrad auf sichere Distanz.
Lange fährt man über Land. Gitta kann den Lieferwagen
problemlos im Auge behalten. Aber bald wird der Ver-
kehr dichter und nach dem Städtchen Tollau ist es dann
geschehen: Nach einer engen Kurve ist Schwartes Auto
plötzlich wie vom Erdboden verschluckt. Gitta und Kalle
sind ratlos. Sie fahren weiter, aber der Lieferwagen
bleibt spurlos verschwunden. »Verflucht, die Ganoven
sind uns doch tatsächlich entwischt«, ruft Gitta. »Wie
werden wir sie nun wieder aufspüren?« Doch dann at-
met sie erleichtert auf: »Gerettet. Hier vorne gibt es
Ortstafeln. Wir sind ja schon recht nahe am Ziel.« Sie
will eben in Richtung Schloss Moloch fahren, als Kalle
sie auffordert anzuhalten. »Hier ist was faul. Ich glaube,
die Halunken haben gemerkt, dass wir ihnen gefolgt
sind. An diesem Wegweiser wurde gefummelt!«

Wieso hat Kalle das gemerkt und welche Straße müssen sie wählen?

80

Schwartes Nest

Kalles Verdacht ist richtig. Da Gitta und Kalle ja bereits durch das Städchen Tollau gefahren sind, sollten sie auch aus Tollau kommen und nicht aus Schinz. Schwartes Leute haben den Wegweiser im Uhrzeigersinn gedreht. Nach Schinz geht es also richtigerweise rechts entlang und nach Schloss Moloch links entlang. Und genau dahin fahren die beiden nun.

Schließlich stehen Kalle und Gitta vor Schloss Moloch. »Eine zerfallene Ruine«, lacht Kalle, »ob die wirklich mit Roby Rob da drin stecken?«

»Und ob, da bin ich mir ganz sicher. Sie sind nämlich eben erst hier durchgegangen«, sagt Gitta. »Hier ist der Beweis!«

82 Welchen Beweis meint Gitta?

In der Höhle des Löwen...

Gitta zeigt auf einen Zigarettenstummel nahe des Eingangstors. »Der ist noch ganz frisch. Er glimmt nämlich noch«, sagt sie.

Kalle nickt und die beiden Detektive schleichen sich vorsichtig zum Haupteingang. Von innen hört man hastige Schritte. Plötzlich wird eine Tür zugeknallt. Dann wieder gespenstische Ruhe. »Seltsam«, flüstert Gitta und presst ihr Ohr an das riesige Holztor. »Weiter nichts zu hören. Gähnende Stille.«

Nach einer Weile drückt Kalle sachte auf die Türklinke. Das Tor öffnet sich knarrend. Sie stehen in einem verstaubten Flur mit zahlreichen Eingängen in weitere Räume. »Du meine Güte, wie sollen wir wissen, wo sich Schwarte mit seinen Komplizen aufhält«, seufzt Gitta. »Ich fürchte, wir kommen nicht drum herum, sämtliche Räume auszukundschaften. Das allerdings kann ins Auge gehen!«

Doch Kalle lacht: »Nicht nötig, ich weiß, hinter welcher Tür wir zuerst nachsehen müssen.«

84 Wieso weiß Kalle das so genau?

Auf in die Hexenküche

Kalle erinnert sich an die Geräusche, die sie vorher gehört haben: Schritte und eine zuknallende Tür. Außer der kleinen Tür rechts sind alle Eingänge teilweise oder ganz offen. Schwartes Leute sind also ganz sicher hinter dieser geschlossenen Tür verschwunden!

Kalle und Gitta öffnen die Tür vorsichtig und steigen eine Treppe hinauf. Volltreffer: Sie hören entfernte Stimmen. Sie schleichen weiter und gelangen in einen Vorraum, aus dem Toni Bolte und Mira Speck gerade Kisten und Fässer in ein Labor hinübertragen.

Dort beschäftigen sich Schwarte und der kleine Dicke mit Roby Rob. »Anscheinend stehen sie in der letzten Testphase«, wispert Gitta. »Höchste Eisenbahn, dass wir Roby Rob retten.«

»Aber wie?«, fragt Kalle. »Wie willst du das anstellen?« Gitta zwinkert. »Ich habe einen Plan! . . .« Und tatsächlich: Etwas später befindet sich Gitta bereits verborgen mitten unter Schwarte und Co.

Wie hat sie das geschafft?

Gittas Kunststück

Gitta ist in Kiste 7 gekrochen und hat sich bequem und unbemerkt von Bolte und Speck ins Labor tragen lassen.

Aber nun folgt eine äußerst heikle Aufgabe: Gitta will Roby Rob umprogrammieren. Und dazu muss sie an seine zentrale Steuerung gelangen. Glücklicherweise studieren Schwarte und der kleine Dicke gerade die Pläne. So stehen sie mit dem Rücken zu Roby Rob, zu dem sich Gitta bereits hingeschlichen hat.

Sie erinnert sich an Professor Laritzkes Ausführungen über Roby Robs »Gehirn«. Sie hat sich den Notfall-Befehl gut gemerkt. Mit dem Schieber muss sie von Start bis Ziel bei den einzelnen Buchstaben vorbeikommen, welche der Reihe nach den Befehl ergeben. Gelingt es ihr, wird Roby Rob diese Anordnung bei Aktivierung sofort ausführen.

Wie heißt der Befehl? Aber Vorsicht, es gibt auch Buchstaben, die nichts mit dem Befehl zu tun haben!

Roby Rob, der Held

»Jetzt aber nichts wie weg von hier«, murmelt Gitta. Sie kann sich unbemerkt davonstehlen. Nun müssen sie unverzüglich Laritzke, Ringelspitz und vor allem Wachtmeister Zoppel alarmieren. Denn wenn Roby Rob Gittas Befehl befolgt, sind die Schurken in ihren Händen. Der Befehl heißt übrigens:

ALARMSTUFE EINS ABSCHLIESSEN

In einem nahen Gasthof können sie telefonieren. Beim Warten lassen sich Kalle und Gitta eine wohlverdiente heiße Schokolade schmecken.

Als der Wachtmeister mit einigen Polizisten, Laritzke und Ringelspitz eintrifft, platzt Gitta gleich heraus: »Ich bin ja so gespannt, ob es geklappt hat. Los, gehen wir!« Vorsichtig nähern sie sich wieder Schloss Moloch. Alles ist ruhig, als sie die Ruine betreten. Doch als sie die Treppe hochstürmen, rollt ihnen schwankend Roby Rob entgegen. In seiner Hand hält er den Schlüssel zur Labortür. Er piepst vergnügt. Schwarte und sein Gefolge hämmern wütend an die Eisentür. Roby Rob hat sie im Labor eingeschlossen! Das war genau der Befehl von ›Alarmstufe eins‹! Laritzke und Ringelspitz wollen sich trotzdem nicht richtig freuen. »Diese Banausen haben doch tatsächlich Roby Robs Füße ...!«

90 Worüber ärgern sie sich trotz allem?

Inhalt